Verdélicieux

Verdélicieux

Texte et illustrations de
Victoria Kann

Texte français
d'Isabelle Montagnier

Éditions ◣SCHOLASTIC

Catalogage avant publication de Bibliothèque
et Archives Canada

Kann, Victoria
[Emeraldalicious. Français]
Verdélicieux / auteure et illustratrice, Victoria Kann ;
traductrice, Isabelle Montagnier.

Traduction de : Emeraldalicious.

ISBN 978-1-4431-3499-6 (couverture souple)
I. Montagnier, Isabelle, traducteur II. Titre.
III. Titre: Emeraldalicious.
Français

PZ23.K36Ver 2014   j813'.6   C2014-900305-6

PINKALICIOUS et tous les logos et
personnages qui y sont associés sont des marques
de commerce de Victoria Kann et sont utilisés
avec autorisation.

Inspiré du livre *Pinkalicious* écrit par Victoria Kann
et Elizabeth Kann, illustré par Victoria Kann
et publié chez HarperCollins.

Édition publiée par les Éditions Scholastic, 604, rue King Ouest,
Toronto (Ontario) M5V 1E1, avec la permission
de HarperCollins Publishers.

5 4 3 2 1   Imprimé à Singapour 46   14 15 16 17 18

L'artiste a utilisé des techniques mixtes pour réaliser
les illustrations numériques de ce livre.
Typographie de Rachel Zegar

Pour Maria M.

Je me promène au parc avec mon frère Pierre.

Soudain, je trébuche sur une roche et je tombe.
Mon diadème et ma baguette se cassent.
— Oh non! Regarde ta baguette! s'écrie Pierre. Tu ne t'en sépares jamais.
Que vas-tu faire?
— J'ai une idée. Je vais en fabriquer une avec ce bâton.

– Tu pourrais utiliser ces lianes, suggère Pierre.
– Et cette fleur! dis-je en montrant une plante inconnue.

J'embrasse la baguette et ajoute :
– Je t'adore jolie baguette!
Elle se met à étinceler.
– Oh là là! As-tu vu? s'exclame Pierre.
– Es-tu une baguette MAGIQUE? dis-je.
La baguette m'échappe des mains et s'envole. Je lui ordonne de revenir,
mais elle ne m'écoute pas.
– Je suis Rosélicieuse, la princesse Rose. Reviens ici tout de suite!
La baguette s'arrête un instant, puis poursuit son chemin.

– Peut-être qu'elle ne t'écoute pas parce que tu n'as ni couronne ni cape de princesse, fait remarquer Pierre.

– Tu as raison! dis-je.

Je cueille des fleurs et confectionne une couronne. Puis je fais une cape avec des lianes tressées et des fleurs.

Et je déclare :
– Je suis la princesse des fleurs!

Un peu plus loin, nous trouvons ma baguette magique sur une montagne de déchets.

– Pouah! s'écrie Pierre. Ça sent mauvais!

Je tends la main vers ma baguette, mais elle s'envole dans un arbre.

– Comme cet arbre a l'air triste! Il perd toutes ses feuilles.

Je grimpe sur une branche et je saisis ma baguette magique.

– Nous venions faire des pique-niques ici! s'exclame Pierre. Qu'est-il arrivé?

– C'était mon parc préféré! dis-je.

Soudain, nous entendons un « crac! ». La branche sur laquelle je suis assise plie et se casse. Je tombe lourdement par terre.
– AÏE!

Il me faut une chaise. J'agite
la baguette magique et dis :

> Skis en bois et seaux rouillés,
> que de déchets accumulés!
> J'aimerais bien avoir un joli trône doré.

Des déchets se mettent à voler dans les airs
et s'assemblent par magie pour former un trône.

– Est-ce VRAIMENT possible? dis-je.
– Super! Tu devrais faire un château! suggère Pierre.
J'ordonne :
– Fais-moi un château!
Mais rien ne se passe.

– Quelle baguette inutile! dis-je en la jetant par terre.
La baguette se met briller.

– Elle doit bien être magique puisqu'elle a fait apparaître
le trône, insiste Pierre.

– Hum... quels mots ai-je utilisés pour le trône?

Pierre rit et m'imite en prenant une petite voix flûtée : « J'aimerais... »
– Regarde, Pierre. Quand tu as dit « j'aimerais »,
une petite fleur est sortie! *J'aimerais!* redis-je à voix basse.
Une autre fleur s'épanouit. Je répète ces mots, et une
troisième fleur apparaît.

Mallette, machine à écrire, masque de plongeur,
j'aimerais bien mieux avoir des fleurs
roses, bleues, violettes et de toutes les couleurs!

J'agite ma baguette magique et d'autres
fleurs surgissent du sol.

– HÉ! COMMENT AS-TU FAIT ÇA? demande Pierre.

– C'est facile. Tu tiens la baguette, tu décris les objets autour de toi et tu demandes avec amour des choses que tu voudrais...

– Et il faut que ça rime! ajoute Pierre.

– Je vais te montrer, dis-je.

Botte, banane et biberon de bébé,
j'aimerais que par milliers
des oiseaux viennent gazouiller.

Les déchets s'envolent dans tous les sens,
et des oiseaux multicolores apparaissent en pépiant.

– Laisse-moi essayer! supplie Pierre, qui s'empresse de dire :

Trompette, tuyaux et téléviseur rétro,
je suis un prince et j'aimerais avoir un château.
S'il te plaît, fais-m'en un illico presto!

ÇA MARCHE! Regarde, c'est un château fait de déchets.
Il y a même un fossé! Je n'en crois pas mes yeux! Oh là là!
Que pourrions-nous fabriquer d'autre?

– J'ai une idée... dis-je.

Téléphone, tubes et tasses à thé,
j'aimerais avoir une belle robe d'été.
Prends ces déchets pour la fabriquer!

Une magnifique tenue apparaît en un clin d'œil.

– Maintenant, je vais demander quelque chose pour toi, Pierre.

Harpe, hélice et souliers de couleur,
avec ces roues et ces ventilateurs...

– *J'aimerais avoir un bateau-tracteur!* finit Pierre.

Il me prend la baguette des mains.

   — Laisse-moi faire! C'est amusant! dit-il. *J'aimerais avoir une machine à bonbons, à biscuits et à crème glacée qui fait des saveurs différentes toutes les dix minutes, un robot pour ranger ma chambre et aussi une grande fusée!*

   — Pierre, reviens! Je vais partager avec toi, mais c'est MON tour et j'ai un très beau vœu en tête!

Nettoyons ce dépotoir! dis-je. Il est laid et il empeste!

Boîte, bouteille et bidon hideux,
Rosélicieuse aimerait bien mieux
que cet endroit devienne verdélicieux!

J'agite ma baguette magique...
et le dépotoir se transforme
en un jardin vert-blouissant!

Puis une bourrasque s'empare de ma baguette. Elle se brise
et l'air se remplit de graines scintillantes.

– OH NON! s'écrie Pierre. Qu'allons-nous faire
sans baguette? Nous ne pouvons plus réaliser nos vœux.
Adieu la magie!

– Ne t'inquiète pas, Pierre. Nous avons tout ce qu'il nous faut! dis-je. Maintenant, avec un peu d'amour, nous pouvons rendre le monde entier VERDÉLICIEUX!

– C'est VERT-VEILLEUX! ajoute Pierre.